IMPRIMERIE MAULDE et RENOU

A. MAULDE & Cie
IMPRIMEURS DE LA COMPAGNIE DES COMMISSAIRES-PRISEURS
Rue de Rivoli, 141

CATALOGUE

DE

TABLEAUX MODERNES

ET ANCIENS

AQUARELLES ET DESSINS

PAR

Arcos, Bartholdi, Bogoluboff, Delanoy
Feyen-Perrin, Eug. Feyen, Flahaut, Guillemet, Heilbuth, Jundt
Michel Lévy, Moullion, Palmaroli
Pasini, H. Pille, Raffet, Schommer, E. Yon

BRONZES D'ART DE BARBEDIENNE

D'après P. Dubois, Mercié, Chapu, Saint-Marceaux

Sculptures en terre cuite de Guilbert et Laforesterie

BISCUITS DE SÈVRES, PORCELAINES DU JAPON

MEUBLES MODERNES

BIBLIOTHÈQUE

DONT LA VENTE AURA LIEU

PAR SUITE DU DÉCÈS DE M. MOLLARD

Introducteur des Ambassadeurs

HOTEL DROUOT, SALLE N° 2

Le Vendredi 21 Décembre 1888

A DEUX HEURES

Par le ministère de **Me H. OUDARD**, Commissaire-Priseur,
rue des Pyramides, 18,
Assisté de **M. B. LASQUIN**, Expert, rue Laffitte, 12,
Et de **M. MARTIN**, Libraire, boulevard Haussmann, 19.

EXPOSITION PUBLIQUE

Le Jeudi 20 Décembre 1888, de 1 h. 1/2 à 5 h. 1/2

PARIS — 1888

CONDITIONS DE LA VENTE

—

Elle sera faite au comptant.

Les Acquéreurs paieront, en sus des enchères, CINQ POUR CENT applicables aux frais.

DÉSIGNATION

TABLEAUX MODERNES

1 — **Arcos.** Jeune Fille de profil, à gauche.

2 — **Bartholdi.** Pêcheurs étendant leurs filets, à Pourville.

3 — **Beaufeu** (R.). Tête de jeune fille de profil à gauche.

4 — **Bellet,** 1884. La baie de Saint-Malo.

5 — **Bergeron** (H.). Rochers au bord de la mer; côtes de Bretagne (étude).

6 — **Budin.** Barque de pêcheurs.

7 — **Delanoy.** Armet posé sur un livre ouvert.

8 — **Feyen-Perrin** (A.). Cancalaise sur la grève.

9 — **Feyen-Perrin** (A.). Paysage : Bord d'un lac.

10 — **Feyen-Perrin** (A.). L'Attente (œuvre non signée).

11 — **Feyen-Perrin.** Femme en robe noire (esquisse non signée).

12 — **Feyen-Perrin.** Étude de marine avec barque.

13 — **Feyen** (Eugène). Épave sur la plage : Dinard. Étude

14 — **Flahaut.** [Paysage avec troupeau de moutons.

15 — **Flahaut.** Paysage : Effet d'orage avec bestiaux.

16 — **Guillemet.** Bateau échoué sur la plage de Villerville.

17 — **Guillemet.** Le Moulin à eau.

18 — **Gauthier** (F.). Le Bain (étude d'après Veronèse).

19 — **Gauthier** (F.). L'Orpheline.

20/— **Heilbuth** (F.). Parisienne, les mains dans un manchon.

21 — **Ivernois** (D'). Barques de pêche en pleine mer.

22 — **Jundt** (G.). Alsacienne (tambour de basque).

23 — **Manet.** Sortie du bal de l'Opéra (esquisse).

24 — **Michel Lévy.** La Bouquetière.

25 — **Moullion.** Le Champ de blé : Environs de Dinard.

26 — **Moullion.** Petite étude de marine.

27 — **Palmaroli.** Jeune dame assise sur la plage de Trouville.

28 — **Pasini,** 1878. Cavalier arrêté à la porte d'une habitation persane.

29 — **Raffet.** Lanciers en vedette.

30 — **Raffet.** Voltigeurs en tirailleur.

31 — **Raffet.** Millde Forfarshire.

32 — **Raffet.** Imbermark Forfarshire.

33 — **Schommer,** 1884. La Joueuse de guitare.

TABLEAUX ANCIENS

34 — **Boucher** (D'après). Pastorale.

35 — **Raoux.** La Chanteuse. — Jeune Fille à la Colombe (deux pendants).

36 — **Cottibert,** XVIIIe siècle. Intérieur villageois.

37 — **Lelu.** Villageois dans une grange.

AQUARELLES ET DESSINS

38 — **Bogoluboff.** Naufrage d'un steamer (aquarelle).

39 — **Armand Dumaresq.** Officiers en reconnaissance (dessin).

40 — **Debras.** Lisière d'un bois (aquarelle) *pastel*

41 — **Debras.** Paysage (aquarelle). *pastel*

42 — **Gassies** (Georges). La plage d'Etretat (aquarelle.

43 — **Gobaut.** Eglise de Gentilly (aquarelle). *+ 2 aquar.*

44 — **Grouchy** (la vicomtesse de). Trois Dessins au fusain. *D'après Lalanne.*

46 — **Jundt** (J.). Jeune Fille cueillant des fleurs (aquarelle).

46 — **Lefèvre** (G.), 1874. Marine (aquarelle).

47 — **Pille** (Henri). Ribauds (plume et aquarelle).

48 — **Pille** (Henri). L'inspection du Capitaine (plume et aquarelle).

49 — **Rosen** (J.), 1873. Cavalier russe (dessin à la plume).

50 — **Tarenghi.** Un page Henri II (aquarelle).

51 — **Yon** (Edmond). Ziwijndrecht (Hollande) (aquarelle).

52 — **Gravures.** Eaux-fortes et Photographies.

❧❧

BRONZES D'ART DE BARBEDIENNE

ET AUTRES

53 — Le chanteur Florentin, bronze de Barbedienne, d'après P. Dubois.

54 — David, vainqueur de Goliath, bronze de Barbedienne, d'après Mercié.

55 — Jeanne d'Arc, bronze de Barbedienne, d'après Chapu.

56 — Le Courage militaire, bronze de Barbedienne, d'après P. Dubois.

57 — La Charité, bronze de Barbedienne, d'après P. Dubois.

58 — Statuette d'arlequin, bronze de Barbedienne, d'après Saint-Marceaux.

59 — La Joueuse d'osselets, bronze de Barbedienne, d'après l'antique.

60 — Coq en bronze de Barbedienne.

61 — Chien en arrêt, bronze de Pautrot.

62 — Figure d'Hercule, bronze d'après l'antique.

63-66 — Vases en bronze du Japon.

SCULPTURES

67 — **Laforesterie**. Pêcheur napolitain, terre cuite.

68 — **Guilbert.** Ève (terre cuite).

69 — **Guilbert.** Bustes de M. le duc et de Mme la duchesse de Cazes.

70 — Biscuit de Sèvres. Buste du maréchal de Mac-Mahon.

71 — Biscuit de Sèvres. Buste de M. J. Grévy.

72 — Statuette de Philosophe sculptée dans une racine d'arbre, travail japonais.

PORCELAINES ET FAIENCES

73 — Deux Lampes en porcelaine de Chine à figures en relief, montées en bronze.

74-80 — 3 Plats, 34 Assiettes en porcelaine an-
cienne et moderne du Japon et faïences diverses.

81 — Deux grands Vases en porcelaine de Canton.

82-83 — Deux grands Vases ovoïdes et un Bra-
sero en poterie de Satzuma.

84 — Jardinière oblongue composée de quatre
plaques en faïence peinte par Moullion.

85 — Diverses Jardinières en faïence décorée et
en barbotine.

86 — Deux Tapis marocains.

MEUBLES MODERNES

BIBLIOTHÈQUE

Environ 1,000 volumes bien reliés, Ouvrages classiques et illustrés, le Tour du Monde (28 années), Beaux-Arts, Romans, Benvenuto Cellini, Reclus, Dictionnaires, etc.

A. Maulde et Cie, imprimeurs de la Cie des Commissaires-Priseurs,
rue de Rivoli, 144.   5oo—92506